（CIP）数据

雄著．—桂林：广西师范大学出版社，

5598-2481-3

I．①吴… III．①诗集－中国－当代

馆 CIP 数据核字（2019）第 285846 号

社出版发行
里店路 9 号　邮政编码：541004　）
ww.bbtpress.com

肖
艮责任公司印刷
大塘工业园西城大道北侧广西师范大学出版社
云产业园内　邮政编码：541199）
194 mm　1/32
字数：130 千字
版　　2020 年 2 月第 1 次印刷

诗
想
者

H I P O E M

Duange

图书在版

短歌 / 吴
2020.2
    ISBN 978

Ⅰ. ①短·

Ⅳ. ①I227

中国版本

广西师范大学出

（广西桂林市

网址：http://

出版人：黄轩庄

全国新华书店经

广西广大印务有

（桂林市临桂区

集团有限公司创

开本：889 mm ×

印张：6

2020 年 2 月第 1

定价：46.00 元

如发现印装质量

序

我们终其一生能结出什么样的果实
——读吴锦雄诗集《短歌》

龚学敏

　　读吴锦雄的诗是从《星星》诗刊开始的。实事求是讲,《星星》诗刊仅上、中、下旬三刊合起来,每一个月至少要发表百来位作者的作品,来自天南地北的稿件,也是《星星》的一道风景,只是三审过后,《星星》留用的稿件都保管在值班的副主编那里,具体到哪位诗人,发没有,哪一期发,人一多我还真记不清。吴锦雄的诗歌发表后,有些印象,加之有朋友提到,有朋友推荐,自己就有了些注意。这些注意包括在其他刊物,以及互联网上。总还是断断续续的。直到他把诗集《短歌》的电子文档发给我,才对他的诗歌创作有了一个较为全面的阅读和了解。

　　再后来,慢慢知道吴锦雄在青春年少的校园时光里便开始了诗歌写作,并且,和同学们一起办过校园刊物。这条路,似乎是中国很多的写诗者年轻时都走过的路,像是一条绵绵不绝的传送带,为中国诗歌不断地输送着新鲜的血液。在这条传送带一样的路上,倒像人生不同时期的不同经历和状态,有时会被谁也说不清来历的石子卡住,想动又动不了,索性放下时,一下子又飞快地朝前走了；有时会莫名地慢下来，没有缘由，像是终将老去的时光中，一场谁也无法预料的变故；有时会突然变快，奔跑一样，那种澎湃，让我们自己也为之震惊……因为这么多的可能，许多人走着走着便走出了许多的故事，走出了不同的人生。回到诗歌本身，也就走出了对诗歌不一样的理解、不一样的写作、不一样的成就。毕竟，世事谁也无法预料，如同我们写诗时，下一行永远在那里等着你，可是我们每个人总是会写出不同于别人的下一行。

这本分作六辑的诗集，慢慢读来，竟呈现出让我预想不到的效果，让我对吴锦雄有了与之前不同的认识。

第一辑《我和我们的故事》。诗歌不是一种客观重现我们曾经的生活的文体，在我们用诗歌写下过去以及过去的故事的时候，个体的情感无疑起着至关重要的作用。刚开始接触吴锦雄的诗歌作品时，我经验主义地认为，他曾是一个在校园时便爱上诗歌的青春少年，如今是在阳光充裕、温暖的深圳工作、生活的青年诗人，他的诗歌也该是像深圳一样的阳光、温暖。可是，当我读到"在千刀万剐的雕琢中／我成了现在的我……"的诗句时，内心还真的一紧。除了时间的刀之外，这里面肯定还有不为人知的缘由，成为刀的一部分。并且，还要"千刀万剐"。"千刀万剐"这个成语出自元杂剧《玎玎珰珰盆儿鬼》，是一部十分独特的作品，这个不重要，重要的是这个词一出现就被用在了不赦之囚徒的身上。在成长的同时，我们的内心在经历着什么样的蜕变？在喧嚣的职场，在灯红酒绿的夜场，在空荡荡的孤独中，等等一切，经历了什么，让我们成为今天的我们，并且，还要对自己下如此之重手：千刀万剐。即便是在《夏夜闲读》的时候，也是"骨头和思想在篇章间／铮铮作响"。直到我们一天天成熟，才知道《咽下所有的失望才能走得更远》。但是，这代价却是"我要用头颅／顶撞无常的命运／咬掉手指拒绝／在逼供的认罪书上画押"。在过去的故事中，更多的是《生命的每一天都是满满的遗憾》《生命的每一刻都破碎了无数个可能》，是《错过》《怠倦》《孤独》，所有这些，是如何给一位年轻的诗人打上无法忘怀的烙印的？也许，只有在我们置身的这个时代里去寻找答案了。

　　第二辑《时光隧道》。谁也无法抗拒时光，包括时光自己。谁也无法抗拒过去的吴锦雄成为今天的吴锦雄，包括吴锦雄自己。这是世界给我们的法则，与生俱来，不可更改。如同我们选择的诗歌，过去的选择不可更改，现在的选择依旧无法更改。我们每个人都会像吴锦雄一样，面临同样的问题，只是不知什么候意识到而已，那就是，《我将如何啃下老年的时光》。吴锦雄的方式是"在秃顶的头颅上　日子／如一群饥饿的老虎　扑食着／生命丰盛的晚餐　你挣扎闪躲着"。这个"你"，是我们中的每一个人，更是吴锦雄自己，他用自己面对饥饿的老虎的闪躲，告诉我们应该怎样闪躲、怎样挣扎。不知这种闪躲和挣扎是不是有效。《时光隧道》中的《立秋》《冬至》《除夕》《清明》，以及《生活》《日子》《时间》《岁月》等，无不告诉人们，那就是《岁月欠我一段时光》。"时间是被撕裂的一张草帽饼／不撕吃不了，撕了好难受／碎碎屑屑地散落在日子的盘子里"。碎碎屑屑地散落在日子的盘子里的还有什么？我们是时间手中紧紧攥着过的，又撒手过的，我们是一张草帽饼吗？我们从过去走到今天，就是在经历"不撕吃不了，撕了好难受"的那个下午吗？我愿意在现实的生活中寻找这种是是非非的答案，因为，所有的果，都是下一个因。这个快速发展的时代，虽然用物质在体现这种快，可是，变得最快的依然是我们自己。在时光的隧道中，我们在快速地老，快速地琐碎。唯有知道快速的人，才会在快速中做出反应。当然，这种反应本身也会快速地老，并且，琐碎。我们置身的就是这样的时代，这一点，毫无办法。

第三辑《性感的天空》。天空本没性感一说。"这么美的夏天　还有／什么可以撩拨我的忧伤／一缕阳光从天上落下来／我的脸庞一半阳光　一半沧桑／蝉那伪先知在不断喧嚣／风和云相互嬉戏"，就这样，《人世的悲戚》被诗人用忧虑的诗句印在了天空。当我们拥有的物质越来越丰富的时候，当我们的生活越来越丰富多彩的时候，为什么诗人的心中却是如此的沧桑？诗人眼中的身边却是如此的黑白，连性感也离我们那么遥远，或者，连天空也和我们一样开始追逐性感了。以至于"我在河的中央／去返两难／浮光掠影地得失轻浮轻艳／追赶着芬芳的花期／我不敢细看那棵梨花／看她梨花落尽的模样／悯怜地细抚她的每个花瓣脱落的伤口"。还是回到了"伤口"这样的词，甚至是在《梨花纷落的时候》。这样一来，与其说是性感的天空，不如说是伤感的天空。也许，伤感是更高一个层面的性感。如同，世事难料。如同《凤凰花开》，如同"在这季节　我想起一个人／不能说出她名字的人／凤凰花开出我一树的记忆与忧伤"。什么树已经不重要了，不管它是什么树，开出的花，必是记忆与忧伤。这是工业化时代的必然。

第四辑《关于故乡》。时至今日，"故乡"一词已经有越来越多的解释了。在我心里，故乡还是像一条从山间流出来的小溪，伴随着我们一直在人世上迂回曲折地走着，因不同的际遇，呈现出不同的形态，这是一个谁也抹不去的我们所有情感的源头。在《关于故乡》中，我们能够读到一种单纯，一种不一样的单纯。"昨夜　我又梦见苦楝花／风雨之后落英满地／我清醒地知道那棵树早被砍伐／而我强烈急迫地想要回家／我要去寻找那失去了的苦楝花"。我们所面临的总是想要回去寻找那棵已经失去的苦楝树，这棵树已经成为我们共同的病灶，时间的病灶，时代的病灶，故乡本身的病灶。面对我们共同的病，吴锦雄看到故乡的"小河干涸了我所有记忆的美好"。他几乎没有在诗中给我们说出那些美好。我们可以感受到他曾经有过的美好，但和他一样，更多地感受到了这些美好的记忆失落后的惆怅。

第五辑《故乡之外》和第六辑《自然之子》。"人在问道 花草树木在问道／飞禽走兽在问道 蜿蜒而上的路也在问道／太阳明晃晃地飘下无数无形的镜片／天空瓦蓝瓦蓝的 如一辽阔静止的海洋"。在故乡之外，我们还能干什么？尤其对吴锦雄这样在深圳创业、打拼的人而言。我们一直在精神上寻找那条返乡之路。也许，这就是许多人的支撑。一个人对故乡之外的态度，更能说明这个人对故乡的态度和他的人生观，因为，我们不管在异乡干什么，说什么，想什么，我们的参照系总是魂牵梦萦的故乡。"来到镜子面前 小心翼翼／伸出爪子触碰 摆出各种／姿势和自己对峙／想想自己平时的样子／和猫又有什么异样"，自然之子在诗人笔下已然出现了变化，摆出各种姿势和自己对峙，作为自然界一部分的人类，想想我们在自然中改变自然的同时又是如何改变着自己。我们在改变自然的时候，又在坚守着什么？问题的关键是这种坚守有没有效果，有没有意义。到了这种时候，诗人的思考已经具有了哲学意义的显现。当我们身处故乡之外，当我们看待整个自然界，以及其具体的构成时，我们如何看待自己？我们自己和之外的世界有着什么样的需要用诗歌来发现的关系？也许，这才是诗歌真正的意义所在。

我经常给写诗的朋友讲一段自认为正确的话：写诗写到一定程度，拼的就不是技术，也不是阅历了，而是拼境界，拼做人的格局。一个人的境界也许和写诗一样，也要有天赋的，也要有悟性的。吴锦雄诗中强烈地透出的这种痛、这种无奈、这种对世界的认知，也许，就是一种天赋，这种感觉会让人走得更远，让人的格局打得更开。这一点，比偶尔写一两首让自己满意的诗歌要重要得多。我也相信，吴锦雄会把自己对人生以及这个世界的理解，用自己对诗歌的理解方式呈现出来，并且，呈现得好。我也希望诗人一直这样问下去：

我们终其一生能结出什么样的果实？

2019 年 8 月 30 日于成都

龚学敏，《星星》诗刊主编，四川省作协副主席。

目　录

第二辑 时光隧道

第三辑　性感的天空

第六辑　　自然之子

第一辑

我和我们的故事

生命的每一天都是满满的遗憾

一个涟漪　一秒钟　光的每一个瞬间

时光是生命的灭顶之灾　是每一个物种的悲哀

我努力地想刻画出什么　想活出别致的人生

时光如拔节的稻禾疯长　迫不及待地逼近死亡的额顶

跌落人间的星空　光怪陆离

女娲可补天　精卫能填海　愚公可移山

日月光阴既往　又谁能追得回来

每一个生命都在时间的跑道上奔向死亡

每一个碎片丁零的时光　每一天　每一分　每一秒

生命的每刻都是满满的遗憾

托扶不住的血红落日

生活的种种冀想　伟大或卑鄙的企图

都在时光的镰刀下一笔勾销

一个涟漪在时光的海洋微之又微

每一个物种的生命都无法让太阳早起或缓慢坠落

每一个生命都努力想成为涟漪

时光一边怜悯生命一边结束生命

2019. 7. 25

我们终其一生能结出什么样的果实

生命如侍者托来了白天和黑夜
美与丑　善与恶　就如一自助餐
我们自由地攫取自己想要的
吃下去　消化它　长成自己的血肉

花开不是为了凋谢　而是为了结果
结果不是为了终结　而是为了重生
我们终其一生能结出什么样的果实
墓碑上的墓志铭　送葬队伍的叹息
还有流传或湮灭于尘世的故事与诗行

宽的门　窄的门　光明与黑暗的路
天使和魔鬼　娼妓与恶棍的引诱　唆教
左右着你的方向和道路
时光的每一口对生命的噬咬都沾了颜色
把良知高举过头顶　涉过
人间每一个黑色的河口

2019. 7. 27

生命的每一刻都破碎了无数个可能

我一个人在书桌上写诗
如小鸡啄破并爬出时间的蛋壳
这一刻世界有无数个我　我可以做
无数件可能做的事情　我可以在无数的地方
干着无数件可以干的事情

笔的每一画都在结束时间与诗的各种可能
我的认知　习惯　意志　情感都在
破碎其他无数的可能
秒针如一把快刀有节律而又毫不犹豫地
结束每秒时间的生命

可能是个无穷无尽的复数　我也可以
是一个复数　无数个我身处何时何地
文字的排列更是一个无穷尽的复数
而现实是我写下了一首诗
想用文字的分行钉在这时间的坐标上
而我用文字钉上的这一刻钟时间　过去了　永不复返

2019. 8. 3

一位东北爷们把我忽悠上天

雪把一年的时光折成两半

一半耕种　　收割

一半喝酒　打牌　热炕头搂女人　侃大山

大片大片的雪把山封了　把路封了　把眼睛封了

把耳朵封了　把世界变得只有一间房子那么大

日子每天还在过着　翻着新篇

一家人每天还要生活　还要上炕　还要说话

所见所闻所做的事大同小异

如何表达如何引发对方的听觉和注意力

这爷们的祖先把想象力发挥到了极致

夸大　胡编　把语言拐上了旁门左道

那一小疙瘩的被忽悠成高原

风在口中跑　雪在口中跑　火车也在口中跑

一位东北爷们把我忽悠上天

我不怨恨他　不怪他

怪就怪那冰封不融的雪

2019. 8. 3

故　人

不要问我经历了什么
谁的人生不是艰难的跋涉　那些黑夜　那些孤寂　那些不堪
你问得我想起满身大汗

爬过的山　流过的泪　爱过的人
生活的千刀万剐成了我现在的模样
如果让我原路返回　我已丧失勇气

命运如穷追不舍的猛虎
把我逼到这峰顶上来
我从未有时间思虑　犹豫

故人　来一壶酒
让过去滚烫地进入我们的心里
浮生若梦　梦已半宿　让我们把酒当歌

眼前的所有繁华都不过是浮光掠影
一切都在时间的沙漏中缓缓地失去
荣誉　财富　权力　连同生命

无须狂喜　无须悲伤

这欢喜这痛苦都是命运千百年来对人的馈赠

给你喜怒哀乐　给你一个完整的人生

2019.　8.　8

行 舟

不舍昼夜　逆水争舸
逝者如斯的偈言锤打心胸
舟逐水　水逐舟　我逐舟
江上万帆竞发　却说
只有两条船

江水清浊参半　滔滔不绝
轻舟万重山过　人已中年
仰天大笑出乡关　流落江湖
我却仍是蓬蒿人

我乃凡夫俗人
未想着鞭跨马涉远道
不与落日争光辉
宁种阳台花两株
微信分享朋友圈　博得
点赞一连串

2019. 6. 25

第四百八十三首诗

写诗写到这个时候　我完全没有自信
如果灵感已经枯竭　我宁愿放弃
就如爱一个女人　而无法给她幸福
我不愿她看到伤害
我宁愿我的诗集后面
都是空白页　让天才者
去续写它应有的未来

让印刷机的三原色
在纸张上书写洁白
让诗集呈现我对诗
纯洁无邪的爱
让诗回归想象与灵性
让太极回归无极　让五彩
回归空白
让诗歌死亡或新生
让我写与不写都已不重要

2019．6．25

错 过

出了一趟差　悉心养了很久的花

开过了　人生总有种种错过

高考　提干　买房　二胎

还有很多重要和不重要的聚会　论坛

坐等昙花绽放　打一瞌睡

醒来时花已凋谢

没有顺利乘坐的飞机　火车　轮船

孵臭了的鸡蛋

没来得及斩仓的股票

早晨的火烧云　玫瑰的露珠

错过了你的婚姻　我是不是该错过你的爱情

生命如新闻一样时刻新鲜

季候总让我们错过很多种

而对所有的错过　我们能如何

就如花落下来　拾起

枯萎的花闻那残留的一缕芬芳

2019. 6. 26

怠 倦

快枯萎的花儿　没有午休的下午
中年的身体在地心引力下沉甸甸的
肾上腺素的分泌水平线回落了
恋爱　失恋或热恋　最后都如一壶
久泡的绿茶一样无味而冰凉
日子重重叠叠几点几线地往返
走过几万里　从我的国到谁谁谁的国
从我的诗稿到他的天空轨迹
山是山　水是水　人还是那些人
当我想看清自己时　它已经怠倦
就如镗缸松弛的宝马没了动力
生命如一个快要脱落的牙齿
还拔之不去　却又触碰疼痛
在永不干涸的光阴河道里漂荡
忙着吃喝　忙着排放　忙着爱　忙着恨　忙着生　忙着死
忙着恋爱　忙着出轨　忙着繁殖子孙后代
忙着摆脱怠倦　而怠倦却紧拥着中年
不让时光再来一遍

2019. 7. 4

孤　独

小时候我喜欢与沙子说话　与树叶说话　与青蛙说话
我用笔说话　对她说了几百封信　但却从没有寄出去
我用拳头说话　把自己的喜欢与仇恨真切地告诉我身边的人
我害怕一个人　我怕黑　却总躲开人群　一个人独坐在黑暗中

长大了我能言善辩口若悬河见人说人话见鬼说鬼话
我怀揣钻戒手捧玫瑰追逐美丽的姑娘和美好的夜晚
我大力握手宽怀拥抱左右逢源游刃有余
我阳光灿烂容光焕发大气豪爽朋友遍天下

小时候　我很孤独
长大了　我更孤独

2019. 7. 4

名　字

这么普通的两个汉字

母亲访遍了方圆十里的算命先生　土地菩萨

父亲推演了金木水火土音义数理

却也不完全属于我　全国同名者数以万计　所幸未有同名女士

与这两个字活了四十多年

这一万多天的日子就为争夺对它最大的占有

我不断地更换城市　职业　活法

就为在百度的搜索上第一个就是我自己

最好后面还有一大串头衔和荣誉

这两个字不断地被印在出生证　户口本　身份证　结婚证

　　房产证　行驶证上

这两个字行走在文件中　电话里　荣誉状上　新闻上　喜捐榜上

　　老年人证上

这两个字最终都印在死亡证明上刻在我家坟地的石碑上

而我是否应该立下遗嘱让子孙后代把它鎏上金色呢

2019. 7. 4

黑暗中我就自己发光

深海里没有光线　咸水冰凉

没有光线的海域　生物会自己发光

没有温度的世界　我只能保持热血

才不至于冻死在这冰凉中

黑暗的世界　我就自己发光

我一路奔跑　直到长出翅膀

飞过高耸的山　广阔的草原

飞过九万里　飞越荒原和繁华　飞越

密密麻麻生长的痛苦

飞向炽热的太阳　在子宫一样的苍穹

发出我自己　微弱的光芒

2019. 7. 4

老　板

那些没有温度的数字　都是绿花花的钞票
办公室七位数的租金　小数点后面还有两个数字
凉飕飕的空调　热情微笑的保安　还有那手纸　饮水　打印纸
员工的工资　旅游　社保　病休假　生日生育生病
税务应缴长长的清单　账户上跳动的数字　手机的短信铃声

仰视也看不到脸的官员笑呵呵地和你握手
合作对象热情地与你寒暄
供应商奴颜婢膝地为你倒酒
新闻记者想把你捧红或摔碎
员工遇到你躲得远远的　像猴子
在森林碰上了老虎
你把自己打扮得光鲜　坚强　强大　富饶

你也上有爹娘下有儿孙
你也是夜眠七尺日食三餐
你也是血肉之躯有七情六欲
说每个金币都散放诱人的光芒
又说每个毛孔都滴着肮脏的血
说慈不掌兵义不守财

又说以人为本视员工为家人

从荒漠戈壁的不毛之地
到绿洲繁华的丝绸之路
从加勒比海的风口
到满地淌着金币的湾区
商人勒紧自己的裤腰带
堆起可掬的笑容对你说
恭喜发财

2019. 7. 5

喝　酒

白酒长着清澈的眼神
如一群奔腾的马
汹涌进我胸腔的峡谷
晕眩如一个魔女　让一个个美妙的
瞬间在我脑海里闪现

白酒如领了赦令
释放了我的粗野　狂放　张扬
赤裸裸的欲望张牙舞爪
无数个我的真面　在酒席的
舞台上粉墨登场
一个野蛮的汉子
一个淫荡的妓女
一个虚弱的老头
一个垂涎的婴儿
一个烂醉如泥的夜晚
一个清纯烂漫的饭局
人生有几个夜晚你敢如此畅饮

2019. 7. 15

变　脸

川剧变脸有七色

金白黑黄青红杂色

京剧有生旦净末丑

你只有一张脸皮

世间有无数张脸

你只有一双眼睛

你如何辨别这么多脸

天空时时刻刻在变脸

人时时刻刻在变脸

世界时时刻刻在变脸

你只有一颗心脏

你如何承受这些变脸

而你却最喜欢看变脸

变脸看多了　你就知道有多少张脸

不管他怎么变

你都知道　所有的变脸

最下面的那张都是人皮

2019. 7. 15

留言条

爸爸需要出去些日子
孩子每周一的礼服要记得穿
别嫌弃它穿上像服务员

作业还是要坚持每天完成
课外书你爱读多少读多少吧
在外面吃饭尽量上好点的馆子

跆拳道每周最少坚持一次
有空也可以游下泳
在公园里踩踩车也无妨

过去也许我对你太严厉
你可有想过　如果爸爸再也没有回来
你自己是否能坚实地走好人生

2019. 7. 5

生活的规律

一个人来了
我起身迎接他
我踮起了脚尖

一个人走了
我起身送他
我微弓着腰身

人来人往
我独坐在自己的房间
我想沉默　我想说话
我想什么也不做　什么也不想

迎面而来　还是背我而去
每天都在发生　监控里
存储了三个月的全部录像
而我们却永远没弄懂生活的真相

2019.7.5

中学同学

渴望见一老同学
曾经是同窗的铁子
一起喝酒　一起打架　一起谈过女人

见面时　我们热切地谈论着过去
而又刻意地回避着现在　各自的工作房子车子孩子妻子
怕冰冷的现实割伤友谊的手腕

见了半天老同学
彼此开心了半天
而分开后　我告诫自己
对于过去的感情　我绝不再去寻找
记忆中的酒早已成了陈醋　酸痛了我的牙

2019.7.23

一个诗人的商人生活

如果身体分成两半
一半写诗一半经商
我是应该把身体左右分开还是上下分开呢

如果把一天分成两半
我是应该白天经商晚上写诗
还是白天写诗晚上经商呢
如果把大脑分成两半
小脑写诗大脑经商
而我却是脑袋经商头发写诗

生命一半为了面包　一半喂养灵魂
我左手攥着金币右手夹着钢笔
撕裂得生活吱吱碌碌
我从不鼓掌　我害怕
生活的双手相互伤害了对方

2019. 7. 23

生活的形态

报表上的数字闪烁

追逐利润的商人的宿命

比血液重要的利润滋养生命

轻嗅空气中钱币的味道

自我麻醉碰撞挫伤的疼痛

在肮脏的货币中寻找高尚

用高尚去垂钓肥美的生意

我是一条盲鱼　毫无方向地游动着

从红海游过黑海　从浪头掉进谷底

从腾空潜到海底

鱼不能厌腻恶腥　与商人不能厌恶金钱一样

在各种形态的水的拥抱中

我只能不停地游动

追逐真实而又不可捉摸的食物

在琥珀色的美丽海底

我从没有机会去好好欣赏美景

芸芸众生大多与我一样

整个人生都挣扎着活着

竭尽全力地想让自己肥大起来

2019. 7. 31

手　势

离别时总是挥动右手

是为了提前挥散别后的忧伤

见面时用力地握手

想让彼此感知手心的温度

到寺庙神灵前

双掌合十　也当是打个招呼

不想说话时我用手语

不能说话时我也用手语

不要太在意言语

要看对方肢体上的表达

那是原始最真实的流露

就如诗歌是文学的手势

拳头是斗争的手势

兰花指是表演的手势

写诗是生活最笨拙的手势

2019. 7. 31

囚

我是我自己的囚

身体囚禁了灵魂

灵魂囚禁了身体

我的灵魂在体内奔突

却走不出我的肉身

我的肉体一直在行走

却脱不掉灵魂的枷锁

我是空气的囚徒

无论我如何吞噬它却一直在它的包围里

我是阳光的囚徒

我在黑暗中逃亡却终会落入它的牢狱

我是土地的囚徒

无论我如何践踏它却一直在它的手心中

我是地球的囚徒

飞得再高再远我也得落回到地面上

我是爱的囚徒

用婚姻囚禁爱情却发现是爱情囚禁着婚姻

我是情感的囚徒

用喜怒哀乐囚禁爱恨情仇

我是金钱的囚徒

它囚禁了我的欲望甚至想象力

我是时间的囚徒

无时无刻不在它的算计当中

过去　现在　未来

现实与梦想　真实与虚幻

自由囚禁了另一个自由

囚与被囚

一个沙粒乃至整个银河系

都是一个不赦的囚

乃至宿命　乃至一切的一切

都是无期徒刑的囚

2018. 9. 28

理　发

我的脑袋总想说些什么
憋得我白发疯长
白发是脑袋的表达
剃刀却是它逃不开的宿命
我在一个饭后的夜里
一动不动地理了白发
剃须刀翻新了我的青春
露出我青葱的头皮

稿　费

二十年前
三十块钱
两个人一杯咖啡一场电影
还余下学校饭堂的四餐午餐
赢了全校同学一片羡慕又嫉妒的目光

二十年后的现在
八百块钱
一脸不情愿的表情
代我领稿费的文员
感觉我是彻头彻尾的不务正业

其实我真的从没在乎过
稿费的多少
哪怕我还是个穷学生的时候
我只是为了让诗歌插上翅膀
至于它掉了多少羽毛
我从来就没有设想过

2018. 12. 22

自 律

好久没喝酒了
医生说不能喝
我却很想喝
我喜欢喝酒
我不喜欢医生
因为医生我不能喝酒
因为喝酒我得亲近医生
我好久没有喝酒
我好久没有找医生

2018. 8. 3

我的生活

白天喝茶，晚上喝酒
每天早起，晚上失眠
每天暴吃暴饮，一直坚持减肥
每天忙忙碌碌，却仍觉得空虚
有时候二十四小时都在一百几十平方的地方
蠕动，从客厅到卧室的床上
有时候一天内飞越了太平洋
从 N 个国家顶上飞过到另一个国家
在一个叫特区的地方，我燃烧着自己的青春
也点燃一群小伙姑娘的青春
我们共同寻找着属于我们的梦想
偶尔　我会写一些分行的句子
会在那静坐冥想几个小时
会在那用毛笔抄录一遍《心经》
会莫名其妙地灌自己一肚子烈酒
我们奋斗　我们快乐
我们奋斗　我们狂欢
我们就如同一群蚂蚁
在忙碌着筑建我们的窝
在急流中的一片叶子上漂流我们的人生

2019. 3. 7

在梧桐山腰我看到了一群狗

梧桐山腰林业守护站前
黄色土狗一家三口懒洋洋地晒着太阳
公狗微眯双眼侧翻着身体让生殖器与那狗蛋接受日光淋浴
母狗双眼全闭趴着一看就已深度睡眠
小狗偎依在母狗的腰间时时调皮地东张西望
我已经记不得多久没与家人这样虚度时光了
我早晨起床时小孩已经上学去了
我半夜回来时他已经熟睡
我的每个周末都支离破碎的
我的每个节日都有着重大的使命

晒晒太阳　这是多么简单的幸福
而对我来说就那么奢侈

2019. 2. 23

园丁乙的精神障碍

园丁甲干了四十年
管了满满一个园子的草地
去年他退休回老家抱孙子去了

园丁乙干了四十年
砍了全城大部分的树
如今他还是绿化组的一把手

园丁丙干了四十年
满城花开都与他有关
他穿梭在老家城市的花房内

园丁乙总是出现幻觉
看着电锯下树干溅出了血花
看着切开的树干上狰狞的鬼怪
有一天，园丁乙失手
用电锯切断了自己的咽喉

2019. 2. 23

睡　眠

在鸟的啁啾声中醒来
感觉没有睡够
老婆说只有住别墅的人
才能享受到鸟叫声
我说住别墅就幸福吗
我也没说我的睡眠
关鸟什么事
心里有事睡不着罢了
她又说不要只想着峰顶
学会享受登峰的过程
每一天好好睡觉
我说，不想峰顶
整个登峰都失去意义
正因为在过程中
才有或这或那的烦恼
睡眠如同一个魔术师
表演得如何天衣无缝
失眠还是藏不住的真相
真的不关鸟什么事

2019. 2. 24

拍　照

你用背影给我道别

追寻山河万里而去

你却为什么总背对着风景

让那锦绣河山只能是你的背景

照片上的你表情万千

而那么多姿势、表情你为给谁看

那么多异国风情、名山大川、地质奇观

你用脚步都丈量过　用汗水淋灌过

而你可发现你对焦时眼里只有镜头

心中只有别人想要的影像

你可曾真切地抚摸过一寸土地、树叶，甚至空气

归来我不想看到你的太多照片

只想看到你眉眼温润，眼底澈亮

2019. 4. 23

我想要的是骄傲地活着

生命是一场恣肆的狂欢
孤独者的沉默
聒噪者的饶舌
也许彼此讨厌
那些甘于平庸贫穷的人的耐性
比奋发者　抗争者更坚韧
在每个黑暗的日子里
能带我走过去的只有我自己心灵的拐杖
奔跑是属马人的宿命
在与命运的拳击中我挨过
无数使我更强大的痛苦
生活的邪恶在于它的无常
生活的希望也在于它的无常
来吧！给我所有的炙烤与狂热
孤独成就了孤独者
寂寞毁了寂寞者
在千刀万剐的雕琢中
我成了现在的我
我骄傲地活着

2019. 4. 24

自　处

在舒适的沙发沉睡

岁月的绞绳已慢慢转动滑轮

这城市那么繁华

而这繁华与我何干

无边的拥挤喧嚣把头颅淹没

万家灯火中　我在

那一格水泥格子里独坐黑暗

那么多的过往　只有你

自己明白你自己

满天繁星明亮

而走路你还是得手持火把

愤怒时你很脆弱

冷静时你才强大

沉默是你无声的歌

2019. 4. 28

梦

醒来时　没有梦
只有绵密而悠长的沮丧
白天对阳光的追逐采撷
不曾停歇过
每天都是演出，没有彩排
那么多人　那么多事　那么多年
没有悲喜，没有爱恨
淡淡然　该去去　该来来
默然而待
也许这才是生命中真正的善待
太阳一天从你头顶而过
你觉得太阳绕着你转
这是思想的荒唐
日出而作　日落而息
收获无常但你也沐浴着阳光
在黑暗里做一个绮丽的梦吧
让理想闯进梦里
把你的生活扰乱

2019. 4. 28

勤　勉

早起的太阳
给勤勉者以光明
给懒惰者更温暖的被窝

那些年　我没有真正努力过
那些年　我还不懂得要珍惜
一万年的白驹也跃过间隙
苍狗也吠过朝露夜月
勤勉如刀子越磨越亮
懒惰如刀子越锈越钝
错过了星星　错过了月亮
在大白天　懒惰者也照不到太阳
没有星星　没有月亮　没有太阳
其实　一切都在天上
他从来不知道罢了
勤勉是耙齿插入温热的土地
勤勉是镰刀割向麦秆
勤勉是猎枪飞出的子弹
勤勉是未知的已知，不幸中的万幸，幸运的 N 次方

2019. 4. 28

诚　实

清晨的雨露

很干净

午后的阳光

很干净

初夜的月光

也很干净

它们都没有聪明的脑瓜

只有傻瓜也把别人当傻瓜

心只有一颗

好好藏好　不给狼吃

不要沾别人的邪恶影响

我们的善良

对狼讲仁慈

对蛇讲良心

肉包子打狗

都是我自己的错

世界是个弹力球

你给出去的

通通回到自己身上来

2019. 5. 1

消　费

春天消费了绿色
青春消费了爱情
一杯咖啡消费了我午后的寂寞

你消费了我的婚姻
余额上却有满满的想谈恋爱的心
透过红酒的视线满是幻想的情人

公司消费了我的头发
而我用公司消费汽车、房子、旅行
我殚精竭虑的奋斗只是数字位数的增减

所有人消费着时间
死神在远方狡黠地微笑着
而我欢乐地活在绿色的春天

2019. 5. 17

我用污浊的河水洗净了我

江河之水
洗净了黛山绿林
洗净了碧空白云
洗净了樯桅云帆
洗净了桨橹锚舵
洗净了渔网镖钩

远古的诗人　仰天长叹
举世皆浊　形容枯槁
宁葬鱼腹　不蒙世尘
没有一个时空的江河是皓皓之白
没有一个世俗没有尘埃飞扬
没有一个诗人不曾惶恐　如何处世

归来我满身尘埃　淤泥裹脚
河水皆浊　我何处濯缨濯足
卫道夫口中几千年的世风日下
而何以"天问"少闻　《诗经》灼灼
我用污浊的河水洗净我
鲜衣素颜　策马前行

2019. 5. 16

悲 哀

酣眠美梦的猪
磨刀的屠夫

欢唱的百灵鸟
瞄准的枪口

欢腾的小马驹
编织着的笼头

爷爷手抚的旧城墙
轰隆隆的挖掘机

我伫立在站台
你却坐上远驰的列车

2019. 4. 26

俗不可耐日复一日的生活

在闹铃中醒来
洗漱、衣妆、早餐、出发上班
在办公台坐下时
秒针刚好踩到那个点
分毫无差
格式化的生活没半丝乱码
日子重重叠叠整整齐齐
晴天　雨天　台风天
办公室灯光如炽
我对这样规律有序的生活
还有什么怨言
难道渴望着
早晨刷牙捅破牙龈
刮胡子刮伤脸庞
早餐哽到面包块
开车撞上了信号灯柱

伸出十个手指在电脑上爬行
甚至，我连少用一个手指也已经不可能

2019. 5. 27

减　肥

饥饿的岁月刚刚过去

就一群人瞎嚷嚷地叫我减肥

胃的痛苦有谁知道

仅仅为了满足大脑的快感

它承受了超负荷的膨胀

食物是最原始的欲望

当生活的重量已经超载

脂肪在皮下繁殖脂肪

我已不是一个清瘦诗人的形象

回望饥饿的童年

我的内心纠结矛盾

一边尝尽美食　　一边努力减肥

一边追逐名利　　一边清心寡欲

世俗矛盾而又绝望

而我如一只老鹰

飞向遥远的墓地去

带着我坦率的欲望

2019. 6. 18

夏夜闲读

能在一个晴朗的夏夜　读书

有多么幸福

书本如同白天的男男女女一样那么亲切

纸张在我的指尖上敞开胸脯

裸露了她所有的心扉

文字在行间尖叫　呻吟　歌唱

如一群嗡嗡的蜜蜂带我寻找

蜜源　从每一个花蕾里的每一个花瓣

每一个雌雄异种的生物身上

寻找幸福的感觉　疼痛的

欢乐　让文字为夜晚解渴

骨头和思想在篇章间

铮铮作响

每一个字符都有它的使命

就如每一缕阳光在赋能绿叶

一群人骑着方块字向我奔来

我点一根烟

故作镇定

2019. 6. 18

我也曾年少轻狂

那时候总幻想自己是匹
独狼　孤独地穿过整个草原
粗野狂热地想弄出什么声响
用憧憬设计未来　痴迷梦想的
人　不知以什么姿态通往未来
莫名其妙的忧郁　浩瀚的忧愁
辽阔无边的幻想和造作牵强的
伤害　日渐成熟的骨头和思想
内心对生活酷烈的热爱
却故作敌对周边的神态
没有爱人的恋爱　用诗歌
推开文学的大门　总以为自己可以
很残暴　对抗生活所有的迫害
扼杀平庸世俗的命运
我仍在　理想仍在
狼却已经远去　我犹同一条狗
驯良而忠诚
怀着对生活不变的热爱
对生活言听计从

2019. 6. 18

出　走

很想到处走走

从自己活腻了的地方　去看看

别人活腻了的地方

就着江水煨河鲜

去人少一点的上游江边取水烹茶

到深山里摘野果

去向阳的山坡吃自然熟的果实

沿着没有车少人烟的路

走进幽深幽深的山林中

寻找内心一直向往的地方

我把想法告诉朋友

朋友说　走了还得回来

人多了你就孤独

不如原地修炼

心宽地自阔

而和我说的朋友

他自己却已走了几大洲

其实他和我一样

群居孤独　独处寂寞

2019. 6. 20

咽下所有的失望才能走得更远

我憎恶万事如意的初愿
它是那么的荒唐怪诞
希望如橱窗艳娘一样胴体诱人
现实却如泄欲后疲惫不堪

我用长长的岁月
去喂饱饥饿的理想
任凭现实鞭抽我的脸庞
额头　背脊　躯干

我用饱满的青春
去填埋空虚的爱情
任凭爱神给我以悲哀
忧愁　落寞　绝望

我用胸膛迎向
喷射过来的子弹
让鲜血洒满我
走过来的路程

我要用头颅
顶撞无常的命运
咬掉手指拒绝
在逼供的认罪书上画押

我要举起火把
点燃所有虚幻的浮华
真实地用骨头敲击骨头
让血肉在碰撞中溅出红花

那妩媚妖艳的谎言再也诓骗不了我
把寄予在他人身上的希望收回来扛在自己肩上
咽下所有的失望才能走得更远
穿过无边无际绝望的墓地

2019. 6. 29

第二辑

时光隧道

立　秋

风越吹越清爽
水越流越清澈
淡淡的忧伤和哀愁　在某个
清晨或黄昏偷偷爬上了枝头

秋天是一种病
成熟的季节总是让人更加胆怯
高傲的果枝越来越卑谦
秋是弯腰的镰刀收割季节的盛宴

清凉的石头被染上夕阳
蔚蓝的星空离大地越来越近
一颗饱满硕厚的石榴莫名忧伤
红琥珀般的石榴籽炸裂而出

2019. 8. 8

午后的时光

尘埃四起 四十开一
青春如醉酒的莽汉跌跌撞撞 遗留
满身心的伤痕和记忆 日子
一半用来回忆过去 一半用来开创未来
背负生活 一边抛弃痛苦 一边寻找欢乐

惑与不惑 与四十无关
生活让我从黑子中选出白子
从无极中辨别两极 诡秘
无常易变中卜上一卦 隐喻
斑斓的人物和事件 与幽深的景象

前路前不着村 后不着店 长短不知
腹部隆起 臀部下垂 前列腺渐渐肥胖
除了金钱之外 其他都没什么好挥霍的了
多陪陪老人孩子 这时候最宝贵的就是午后的时光

2019. 7. 4

我与天空没有距离

天空在我之上　天空很空　我与天空没有距离
我在天空之中　我在变幻的云彩中　在过去和未来的缥缈中
天空与伟大和卑微无关　与人世的凉薄和无常的生活无关
多少次生活的理想和幻想　拉长我和天空的距离
天空如一只巨大的眼睛　对视这世间的幸福　灾难　悲惨　希望
头顶着天空　踽踽走向属于我的未来
身边的人来来往往　都匆忙地赶向自己的墓地

2019. 7. 4

夜　行

那夜的大风　无数次扑向火把

跋涉过的山峰更为狰狞

号叫的风如刀一样一阵阵砍在石头上　树上　身上

顾望左右　一片黑暗

我一次次点燃又一次次被扑灭

黑暗的大口一次次把我吞吐

我知道　我一定会越过这座山

到辽阔平坦的平原上

我一定会穿过这黑暗

走进明天的黑暗

2019. 7. 3

往后的岁月

我想往后我的日子是平庸的了，没有很多的盼想

只想把生活过得风轻云淡

真实地嗅闻每天空气的味道

我与你可以做的事其实也很平淡

一起睡觉，一起吃饭，一起干点男女们都干的事儿

我想与你一起观察那跌在花间的蝴蝶，用我们一个下午或

　　上午的时光

我们不再风风火火，不再匆匆忙忙

把我们的旧书翻出来晒太阳

喜欢的看它几页，几行

也许我们养了一个小花园

但是我们也许养得不好

花儿开得稀稀落落，就如过往的青春一样

那么多凌云壮志和叱咤风云也是舒卷云烟

往后的日子就如白开水了

平淡无味却久饮不厌

2018. 7. 7

冬　至

这哪是冬至
明明就是夏至
老天变得这么任性
让穿着毛衣的我情何以堪

四季分摊着一年的 365 天
季节已只是一个名词
与温度无关
就如某些婚姻
与爱情无关

冬天已经来了
春却在季节的缝隙中被遗漏了
而在岁月的缝隙中我们所遗漏的
是否可以在季节的流转中追寻

2018. 12. 22

岁月欠我一段时光

书架上塞满了未开封的新书
肚腩里堆塞待燃烧的脂肪
一连串未拨出的亲情电话
儿子的足球、郊游、电影和游戏

我都还没好好地谈一次恋爱
也没有真正地玩一下玩具
我的过去荒芜得只有时光
只有饥饿、只有贫穷、只有渴望
只有想长大了去改变那样的时光

密密的日程表把我的时光
撕扯得支离破碎
事业与家庭，金钱与权力
荣誉与欲望，争夺割据了时光

岁月欠我一段时光
我不敢想要五百年
我只想在今年的春天
静静地品啜下家乡高山上的清茶

2019. 2. 23

旅　行

到自己陌生别人熟悉的地方去
远方才有风景，因为没见过
到别人的土地上听别人的故事
故事总会打动人，因为没听过
到未知中去探索
只有未知才让你永远好奇
让身体在地球上做物理变化
画出几种圆形的线路图来
看见了种种的不同
因为看见、看过
所以你懂得了宽恕
而无论你画出什么样的路线
最终你都回到原地
你还是在你生活着的地方
只是，你出去看了看
你还是你原来的样子
只是不同的空气
让你的胸腔扩张了一点点

2019. 2. 24

青　春

悲伤与欢喜如跷跷板一样

反复交替地起伏着

泪水汗水浇灌过的树

才经历得了寒冬　结出硕果

青春如光电一样闪亮

而日子还是那样的日子

两千多年人的欲望基本没变

生活还是油盐酱醋茶

青春曾仿佛拥有了整个宇宙

也仅仅是晕眩的幻觉而已

随之而来的就是爱情

就如打防疫针小孩嘴里糖果的甜蜜

而这一切的一切都与过去的无数人基本一样

就如钢琴锯齿的琴键

无数人无数次地弹奏过

至于什么样的乐曲

那就是各自人生的志向

2019. 2. 26

除 夕

上帝打了下瞌睡
就让我错过了那么多美好时光
一不小心就绕跑了一个年轮
那么繁华的生活
也不影响我的孤独
让过去的四季为我作证
我从没停止过奔跑
在除夕之夜
失眠不是为了守岁
而是想把事情想明白
翻起了诗集
我无心读诗
而是寻找某年秋天夹上的黄叶
远逝的青春的梦想与爱情
酿成一坛烈酒
在这个深夜里呛得我泪流满面
而又全身火辣辣地血脉偾张

2019. 4. 26

生　活

生活是个魔术师
你稍不留神
世界就变了模样
无论你有什么样的欲望
它总出乎你的意料
幸福的人惊喜不断
痛苦的人痛苦叠加
同一舞台同一件魔术袍
抖出了鲜花、白鸽、金币、美钞
你永远看不到魔术师的手
它的邪恶就在于无常
你明知道它是欺骗
而你仍饶有兴趣地看下去
一不小心
你也成了一个道具
你配合魔术师的欺骗
你身处其中而未解迷津
直到最后一切的精彩
都在掌声与叹息声中结束

2019. 4. 26

日　子

十二只动物轮流值日

二十四个保安流水站岗

黑白两种颜色交替洗染

汽车、办公台、席梦思分摊时段

嘀嘀嗒嗒的钟声丝毫无差

沙漏的流动从未停止

商人的金币旋转着熠熠之光

学者的眼镜片又厚了一点点

屠夫的刀高高落下

少女在心中幻想了N种版本的爱情

和尚的木鱼咚咚作响

工人的流水线不停转

音乐家谱成了几个音符

建筑师把时间凝固

农夫种下了希望

逃逸者开始了惶恐

警察开了正义的一枪

2019. 4. 26

时　间

时间是被撕裂的一张草帽饼

不撕吃不了，撕了好难受

碎碎屑屑地散落在日子的盘子里

我无法去旅行，去读书，去做梦

一百二十秒的红灯

三分钟的电梯

一个半小时的会议

半天的工地踏勘

剩下的在车上、电梯里、椅子上、路上

时间如一块破碎的玻璃

零零碎碎晶莹剔透光芒照人

而我却无法

好好地给孩子讲故事

静静地看一首诗

谈一场恋爱

我真真切切地拥抱着你

而却在每一分每一秒地失去

2019. 4. 26

春

白天犯困　打盹儿了
半夜却在梦中醒来
隔壁的猫喧嚣地叫着
动物本能直接地表达春情
一点害臊的意思也没有
季节的轮回里
蛰伏的激情又蠢蠢欲动
春花　春雨　春雷　春风
这个季节与冲动有关
这个季节与爱情有关
这个季节与美好有关
春天里
生发了一个个冀想与故事
一个个青春岁月的梦
一个个风花雪月的情节
都是春天的一个花瓣
一个绿芽，一丝细雨
一缕幽幽撩人的风

2019. 3. 21

春天是个好色之徒

他不满足于嫩绿、郁绿、翠绿

用五颜六色把天地弄得眼花缭乱

嗅吸着各种气味的芬芳

蝴蝶用翅膀拨弄着睫毛

蜜蜂用毛茸茸的脚抚掠过耳边

春风把少男少女的心扉吹得砰砰作响

在花瓣之外，有着莫名的冲动

整个春天都在煽情着

风掠过公园、河流、树林、村庄

那曾经逝去的季节、岁月、情感

都在萌发着，勃发着，生长着

种种情感在荡漾着，飘扬着，挺拔着

草长莺飞

季节之门洞开

背上行囊

随春天一起寻找爱人

2019. 4. 24

清 明

生命是一条线段
活着的时间是有限的
而死是无限延伸的射线
清明是一条直线
穿透了远祖与未来

匍匐在坟前
感受双膝的温暖
这地下的泥土联结着骨肉的血脉
青草夹杂焚燃的香火的味道
地火在地下奔突着对我的感召

香烛袅袅
异乡的生活永恒喜乐
每一年的清明
都是遥遥的哀思与问候

2019. 5. 17

岁　月

鱼尾纹在似水流年里

疲软而密集

时光斑驳地搅乱头发

从花开清脆的响声中

到忧郁的落霞里

时光绝情地永不回首

万物无一例外地

在时光的年轮下腐朽

沙漏无声而匀速地流逝着

从白天出发回到白天

从夜晚出发回到夜晚

树木的年轮清晰而粗略地

记录了一切

而我却逆转如一婴儿

无知地玩着文字的积木游戏

不知道岁月正偷走我的时光

2019. 2. 22

能洗涤心事的只有月光

月光总是可以阴柔地牵引出隐秘的心事
人世间每段感情都和月亮有关
每位诗人都拥抱或诅咒月亮
每一片叶子都渴望月光　照出别样的光华

离别的人儿与月亮站在一起
脸上流淌着月光
背上流淌着月光
手心里流淌着月光
能洗涤心事的只有月光

把脚步留在路上
把翅膀留在天空里
把爱情留在夜空间
侧耳听风流动的声音
花开得脆响的韵律
叶子紧拥着枝头的留恋
月光洗涤了这所有的地方

2019. 5. 28

水花镜月

所有的不可企及皆为虚幻
所有的可及也是虚幻
在时间的流水中
欢乐　痛苦　忧伤
通通都成为过去

一朵花落在水中
就是一个古老的禅
命运舐舐着我的额头
让我感受温情和宁静
记忆里的尖叫
生活的磨砺
勃发的欲望和缥缈的远方
这一切如水中花瓣之影
真实　抑或虚幻

突然发现
我前所未有地热爱这春天
这花　这水　这映照世间的
镜子

2019. 6. 19

中　年

花被拆了下来　眼泪也滂沱而下

我用清水延续她的芳华

就如一美丽的才女

嫁入豪门　用金钱

装饰没了灵气的容颜

如断供的房贷　失业离婚

色衰的女人

凋谢是花躲不开的宿命

也是所有生命的宿命

生生不息的尘世

来来往往的生命

世界有无数没冲洗的照片

也没有储存底片

花被折了下来

我擦干了脸上的眼泪

2019. 6. 22

我将如何啃下老年的时光

在秃顶的头颅上　日子
如一群饥饿的老虎　扑食着
生命丰盛的晚餐　你挣扎闪躲着

我裸身在镜子面前　观照自己
身体的无数沟壑暴露无遗
就如一座经历亿万年的山
流水镂刻上岁月的痕迹

曾在无数个夜晚我穿过城市
穿越星空　攀爬过无数座山峰
而今我却爬不过这瘦骨嶙峋的老山
我在洁白的纸上写下诗行
让它漂向时间的汪洋

我害怕庸碌无为　害怕衰老无力
害怕那松弛的二胡哑弦般的日子
曾经的踌躇满志　怒马冲锋
而如今我却忧思着
自己如何啃下老旧的时光

2019. 7. 26

切　割

黑夜切割白天
白天切割黑夜
海洋切割陆地
陆地切割海洋
工作切割时间
时间切割工作
感情切割身体
身体切割感情
金钱切割贵贱
贵贱切割金钱
思想切割行动
行动切割思想
真实切割虚无
虚无切割真实
……
在切割的撕裂中前行
思是一种不可名状的痛
行是一阵不可阻挡的风
切割是为了下一个缝合
缝合是等待下一次切割

2018. 12. 22

第三辑

/////

性感的天空

年少时的那个午后粉红色的阳光

你让我透过花瓣看太阳
我看到了粉红色的阳光　一只只彩色的
蝴蝶　在你我身旁惊悸地飞起
我透过扇动着睫毛的眼瞳看到了
一个青葱少年青涩而纯真的冲动
你的眼神里有一群群采蜜的蜂群
晕眩了少年远行而凌云的心
那时我还不懂得亲吻爱人
只会腼腆地羞涩地舔自己的唇
不知是谁把我俩的名字写在黑板上
我的名字在飞扬粉尘中消失
我拒绝擦去你的名字
倔强地认为这样它就会伴着我一生
生活的潮头让我们各自飘零
如两条鱼游向各自的河中去
而今我让自己透过花瓣看太阳
我却看到模糊与隐秘的悲伤

2019. 7. 27

谎　言

绿叶对枝头的留恋
蛇对农夫的感恩　流星对大地的爱
蒙面的生活劫掠我的时光
爱情如娼妓消耗尽我的青春和精力

多少个再见
就再也没有见了
地久天长
也就牵手经年

万寿无疆的帝王　嫦娥与吴刚的传说
幸福灿烂的结婚照
龟裂虚假的外皮　真相让人目不忍睹
生活如一个外表光鲜的苹果
你切开了却腐烂蛆臭

用真实碰撞真实　而别用
谎言去推敲谎言　虚假
往往比真实更坚强

2019. 7. 5

梦　境

一个经年未见的人　出现
在梦里清晰的样子
几十年了　她一点没变
还是长发飘飘　衣袂飘逸
那种香水的味道也没有更变

醒来后　我浑身冰凉
这么多年的岁月荡涤践踏
我多少次粉碎所有关于她的记忆的碎片
而梦　却是不设防的卧房
让她那么赤裸地来回走动

爱情早躺在荒芜的坟地
而爱过的记忆却如那小鸟
在天空里　随意地
飞来飞去　管你愿不愿意

2019. 7. 23

我愿意

我愿意与你在夕阳里虚度光阴

看那时光掠过细幼的沙面慢慢变暗

看那沉入海底的太阳化作星光下的波光

看那鱼儿悠闲地在海藻里徘徊游荡

看海浪袭击带着我俩脚印的沙床

我愿意

是一杯水　调和成你喜欢的温度和口感

我愿意

是一件霓裳　映衬你灿烂的笑颜

我愿意

你所有的意愿成为我的意愿

为了我的意愿我奋力向前

我愿意

在你的目光里勇往直前

我愿意

在你的相守里平静恬淡

2018. 6. 7

这是我写给她的第一首诗

相遇于茫茫的银河系
星球的碰撞的感觉一直持续至今
彼此都是光亮的行星
从没找到谁绕谁转的轨道
各自运动着
时而激烈地碰撞
时而哀伤地远离
我们都坚持着自己
在过去现在的岁月里
知道彼此深爱着对方
却就那么昂然地擦肩而去
各自坠回茫茫星空里
寻找属于自己的卫星

2018. 6. 18

分　手

从云端到谷底

一根烟的距离

从记忆中跋涉而来

又从忧伤中愤愤而去

你给了我一个可怕而又失控的习惯

当在煎熬中

我反复地告诉自己

要么走进你，要么走出你

而当我用整夜的时间去想你和忘记你

我还是无法走出你长长睫毛的遮盖

在甜蜜与痛苦中我往返彷徨

我知道

我终究会走出你或走进你

我无能为力

我把努力交给时间

时间　或许用一根香烟的距离

就可解决我长久沉郁的烦恼

2018. 12. 5

失　眠

失眠是凶残的野狼
咬噬夜的甜美时光
灯光亮了又暗　暗了又亮
辗转反侧的身躯躲不过狼獠牙的锐刺
窗外的静穆让被咬嚼过的伤痛更为真切
夜色在我怒张的眼帘下慢慢褪去
而红日却已在窗外的云层中喷薄而出
狼撕裂了我的夜晚
却给我一个早到的白天

2018. 5. 8

爱　情

天下了多大的雨
大地知道
人间多少血雨腥风
天知道
我对你的爱有多深沉
那呜咽的澜沧江知道
我们的未来会怎么样
谁也不知道
世态炎凉的彼岸花无常
而玉龙雪山上的雪却永不消融
远空中盘旋的老鹰
是对爱人的恋恋不舍
抑或是对猎物的伺狩
我也不知道

2019.2.23

价　格

都说什么都有个价格
友谊、爱情、亲情贬值得一片郁绿
房子、股票、汽车、手机一路攀高

都说什么都有个价格
却买不来一个朋友、一个爱人、一个家
钱在病魔面前也束手无策

都说什么都有个价格
自由的空气、明媚的阳光
美好的睡眠
最宝贵的都是免费的

人生没有标价
不看你努力加有多少个零
而重要的是看小数点放在哪
那个小点点　应该就是道德

2019. 2. 26

友人去西藏

你去的地方天空很干净
那是世界最高峰
那是离天堂最近的地方
人烟最少的地方
是不是人少的地方天空就是
最干净的

你说稀薄的空气让人晕眩
那是欲望最稀薄
那是人心最虔诚的地方
是不是欲望稀薄的人心就是
最虔诚的

你说你一直没有洗澡
但天空如洗过一样澄清
你说在那金钱如废纸一样
人们只有对活佛的信仰

皑皑雪峰，辽阔牧地
白云舒卷，湖水湛蓝

根卡琴古老的旋律

洁白的哈达　扎西德勒

2019. 3. 26

爱情是杯龙舌兰

滴上酸酸的柠檬

洒上咸咸的盐巴

把它含在嘴里

直到舌头发麻

慢慢咽下

进入一个忘我的世界

只有虎口残留的盐巴渍

无名指与中指间残缺的柠檬

再甜蜜的爱情也难逃如此

射手的箭穿肠而过

心肺瞬间灼热

柠檬是酸楚的心

盐是凝固的眼泪

清澈中模糊的回忆

遥远而不可及

只有失去了最爱的人才能体会

2019. 4. 28

方　向

迷茫的心　永远找不到方向
做贼的偷一次得逞
以为这就是营生
其实
他一脚已踏进监房

不是所有的努力都有结果
方向对了　总有一天
你一直热切期冀的都会实现
我们都是赶路人
谁也不等谁

在无情的世界
深情地爱着　活着　折腾着
在未知的未来
时间　会给你答案

2019. 5. 1

思　念

长长的睫毛下

一个悠长悠长的梦

秋水汪汪波光荡漾

踩碎一地月光

满满的哪个不是哀伤

让我踏月而去

管那撒散的月光是落在

肩上还是头上

岁月遥遥

那一夜的月光却一直很近

叮当响的月光

清脆地敲打我的心扉

盈盈秋水溢出心的堤岸

那长长的睫毛

沾湿了悲伤

分手经年

爱情还在

而与你我又有何干

2019. 5. 1

初恋就如野鸽子

扬起马尾
闯进梦里的姑娘　开始
动荡不安的青春

辽阔的蔚蓝
洁白的羽毛
定格在那牵手放手的瞬间

初恋就如重感冒
红肿的眼睛　满面的涕泪
在那一夜流水的月光洗过冲走

在拥挤的城市疏远了一份感情
岁月挟带着青年的梦
像鸽子在楼宇间寻找天空

看着镜子中的自己
肋骨上没有伤口
偶尔手抚时还隐隐作痛

在某个撕裂黑暗的夜
用一根烟点燃回忆
那马尾还一直在我的心里茸茸发毛

时间如河流奔涌
阵痛弯曲中前行
我长成南方城里的一棵仙人掌

她再现面前时
阳光的烈焰舔着我的眼
梦绕魂牵的渴望神迹般出现

在满池的睡莲前絮语
我却怯懦地反复深呼吸着
没有马尾的倩影在波光中曲折摇曳

初恋就如野鸽子
她属于青春的天空
她不会再回来

2019. 5. 7

空 灵

把诗行无规律地删除四分之三
把画擦去了一大半
没有任何暗示与言语
你只给我莞尔一笑
从空气的微尘中我感知
那莫名的一丝悸动

我知道　我终将老去
没有那么多闲暇去表白
而你也从不知道你在我心里激起了涟漪
就这么淡淡然而过去
也许是几年几十年几世纪
这事没有一丝痕迹

就如闪过眼前的一缕光芒
滑下脸庞的一滴泪滴
它们存在过
但却永远找不到存在的痕迹

2019. 5. 17

凤凰花开

凤凰花开
青春的爱情又将各奔东西
如妖艳的花朵奔向炽热的太阳

凤凰花开
花儿开得如火如荼
哪知道什么是离别的凄凉

那枚鹅黄色的月亮下
与姑娘许下的有关玫瑰的诺言
如草尖的露珠一样透明脆弱

在这季节　我想起一个人
不能说出她名字的人
凤凰花开出我一树的记忆与忧伤

2019. 5. 28

城市笔直的河流在疼痛中前进

大自然孕育了河流　河流哺育了城市
大自然的河流都是弯弯曲曲的
为了避开无法冲破的障碍
河流在蜿蜒中前进
城市依河流而建　河流是城市的母亲
城市里的河流是笔直的
只能直线向前　只有两岸高高的堤岸
城市反哺母亲以泥沙，污水
一面伤害一面治疗
一边汲饮着河水，一边污染了她
河流在疼痛中前进着
只有一个方向　只能向前
河流的疼痛城市知道
河流的疼痛也是城市最大的痛
河流只能默默疼痛前进
浑浊的眸也不回望城市
把自己酸咸的眼泪融入大海
让海鱼的眼泪回来
向城市倾诉

2019．5．29

凝望黑暗

一瓶矿泉水
一堆烟蒂
凝望石头般坚硬的黑暗
黑暗横亘在我眼前
挡住了我所有的远眺
就如无望的期待
感到失去远方的未来
辽阔的忧愁
浩瀚的宁静
让我的灵魂惶恐不安
痛苦是如此汹涌的恶浪
我犹同一尾鱼
在波涛的肆无忌惮中跌宕
被抛在空中无所依倚
你弃我而去的背影
同你我吻别时一样熟悉
而迎面而来的却全是
没有你的日子的黑暗

2019. 6. 18

梨花纷落的时候

梨花纷落的时候　我关上窗

沽一壶清酒淘洗心事

峰回路转的过去

闪动在杯盏之间

腌制的记忆腥臭　坚硬

燃点的焦灼烟雾缭绕

荒芜的岸遥不可及

我在河的中央

去返两难

浮光掠影地得失轻浮轻艳

追赶着芬芳的花期

我不敢细看那棵梨花

看她梨花落尽的模样

悯怜地细抚她的每个花瓣脱落的伤口

打开门　我起步又止

跌坐在记忆的门槛里

2019.6.22

夜　思

夜啊　何时停止孤独
诗是失忆的瞎子　无色无相
在词语的海洋　无从选择

诗集和纸币放在一起
发出一样的声响　都是纸的呐喊
把诗集放在纸币之上　诗需要高尚

不要嘘唏长叹　孤独是孤独者
怀揣的利刃　给自己壮胆
诗瑟瑟缩缩地摸遍了心坎　一无所获

写不了诗的夜　你与桌子说说话　与杯子说说话　与星星说说话
人世间　也不外乎　日升日落　缘起缘灭

2019. 8. 8

涉水而行

雨水如个怨妇
哭诉着天空的黑暗
把满城的大街哭成一片汪洋

我要去见一个人
只能陪街面的流水　穿过几个街区
街边有无数个涡流的恨眼

我要见到她
就如现在涉过的水
此生只彼此遇见一次

往后　化为雾　化为烟
化为缥缈的云
我再仰头眺望　也找不到哪一个是
长着翅膀在天上眨眼的星星

2019. 7. 5

人世的悲戚

宫女和太监的爱情
官商勾肩搭背的友谊
名贵的楠木棺材
如此种种　想起
眼泪就流了下来

这么美的夏天　还有
什么可以撩拨我的忧伤
一缕阳光从天上落下来
我的脸庞一半阳光　一半沧桑
蝉那伪先知在不断喧嚣
风和云相互嬉戏

多少刺猬对峙着相互取暖
多少女郎欢欣着变换衣裳
多少牛羊在快快成长走向天堂
一只蚂蚁找到过冬的粮包
一只大象蹚过齐腰的河道
我的身体灌满了对自己的怜悯
活在人世间　用诗歌安慰人间

2019. 7. 5

第四辑

关于故乡

潮汕记忆（组诗）

村口榕树

那是一个村的清凉世界

虬盘的榕树根　蔽天的树冠　总是拴满了红绳

晨昏　小孩和小鸟叽叽喳喳　把宁静的村口沸腾成集市

老人说　榕树是树王可挡煞　老家人叫神树

神树下总有小土地庙　山神庙　隔三岔五　香火不断

神树守护着山村　一村人守护着神树

现如今　神树不见了　连根挖起建了个治保会

大婶大妈照样进去念念有词

没有香烛　不烧纸钱

村后的竹林

我从不敢往阴森森的竹林里钻

听说里面有狸猫　盗贼掩埋的赃物　还有谁家的死猫

连同几串冥币吊在竹子上　歪着脖子　掉着两个眼珠

腐烂的恶臭飘向村后的山谷中去

竹子长得茂密　就连村里的丑闻一样的风也刮不出村去

竹笋好　竹笋虫好　竹子做的竖笛好

我还是不敢到竹林里去

有次我看到一个红衣女子

不知道是村里谁家的姑娘

一眨眼就不见了

远远看见几株竹子在摇晃

妈妈说我看走了眼中邪了

给我熬了几次竹子芯喝

才让我精神清爽不再夜梦

山村的牛角声

山村总是被牛角声唤醒来

那卖肉的屠夫　敞胸露乳　引颈鼓腮

叫亮了山村蒙蒙的清晨

肥的瘦的猪肉排骨猪心猪肚

屠夫心里有个谱　一早切得齐苴苴　各有各的主

那时候总盼望着父亲能去买块肥肉

一听到牛角声　更是饥肠辘辘

我把火灶砰砰啪啪地挑拨得红通通

把小学课文撕心裂肺地喊出来

父亲一进一出　仿若没有听见

中饭时　我闻到了肉味

母亲说　老母鸡下不了蛋

给孩子补补身子

我怀念虔诚的父老乡亲

老家人拜神

初一十五　年初年关　神诞佛诞　祖忌祖祭　数不清的日子

天公土地　山神妈祖　佛祖菩萨　城隍财神　数不清的神仙

记忆中　乡下的妇女每天都在拜神

乡亲相信举头三尺有神明

杀鸡宰羊供奉神明

一年到头火烛不断　香火袅袅

神仙最好的日子在潮汕

有所求也拜　无所求也拜

有事求事成　没事求平安

老家人求神如此求人如此　从不临时抱佛脚
我离家多年　但我对人世深信不疑
我怀念那虔诚的父老乡亲
信仰让他们野蛮生长　快乐平安

工夫茶

潮人待客　清茶三杯
潮人生意　清茶三杯
三个茶杯列成一个"品"字

潮汕人用工夫茶说话
用工夫茶谈判
用工夫茶赚钱
用工夫茶做人做事
茶可以清心也
茶凉人就走

茶有厚薄人情也有厚薄

茶有甘苦人世也有甘苦

潮人茶米不可分

可以一日无米　不可一日无茶

潮人茶壶不除垢

有一种假勤快叫洗茶渣

那茶壶上的茶垢　就算泡进清水

也是一壶透亮的工夫茶

潮　汕

最华丽的建筑是祠堂

最美好的祝福是儿孙满堂

最热闹的时候是游神

最不可辜负的是潮汕美食

最壮观的是潮州大锣鼓

最普及的礼仪是拜老爷

最大的名人是个外乡人韩愈

有自己的戏剧叫潮剧

有自己的菜系叫潮菜

有自己的字典叫潮州音字典

有自己的语言叫潮州话

有自己的舞蹈叫英歌舞

有自己的雕刻叫潮州木雕

有自己的刺绣叫潮绣

有自己的房子叫皇宫起

那里的人不一定会喝酒却都会喝工夫茶

那里的人不一定会航海却都知道红头船

那里的人不都在那里海外也有一个潮汕

故乡家家都有一杆秤

海角潮汕　家家都有一杆秤

我五岁时就懂得空称平衡看秤有没有蚀秤

宁静的乡村的午后总有走贩的叫卖声

我未上小学也懂得上山采些栀子籽换点糖果吃

我不明白那小贩我没摘栀子籽卖他时

他也会给颗糖我吃

长大了我远出乡关走遍世界

哪里都有我的老乡　小商小贩　巨贾富商

都说潮汕人是天生的生意人

都说没有潮汕人做不成的生意

潮汕人是不是有做生意的基因

我真的不知道

我只知道　一颗免费的糖

一杆公平的秤

一个欠我五毛钱栀子籽钱

第二天专程跑来还我的不相识的小贩

2019. 8. 5

父亲坟上的青草

岁岁的枯荣　我不知道

青翠是我们每年见面的形象

我浪迹天涯远走他乡

守护父亲的却是这铺地的青草

我跪拜在坟前　清晨的阳光舔舐你们周身

你们能否与我诉说　父亲的每月每日

行色匆匆的我与父亲天各一方

我们都沉默着各有心事

总渴望着某个清明神迹出现

父亲以什么样的隐喻给我以指引

在一个不知名的山上

在一场清明的纷纷细雨里

父亲坟上的青草长得油绿

每一年与父亲的见面　他都避而不见

却让青草遮蔽了我的双眼

用一片嫩叶挑着我的泪珠

与露珠连成一片　让我分辨不出

哪一颗是我的悲伤

2019. 8. 3

离家的那个夜晚

送我出村口的那夜　风很大　父亲的步子很沉

冬夜冰凉彻骨　抽得手脚无处可藏

回望村庄　一半雪白　一半黝黑

仿佛一个对我欲言若止的唇

我还想和父亲说些什么　无依地漫踢着路上的小石头

父亲一言不发抽着纸烟　一根接一根

只有风的呼啸　一阵阵　此起彼伏的怪叫

白光皑皑的道路白得让人迷茫　却又向前无限延伸

离家的那个夜晚

我和父亲没有说过一句话

但我们都清楚对方心中所想

2019. 6. 25

父亲的烟斗

用手指已经掐数不出父亲走了
多少年　我那时也才当父亲不久
我从不敢去细数　如不敢去剜
脚上的鸡眼

父亲的遗物几乎都丢光了　连同
照片　母亲看了就伤心落泪
我只带了父亲一个烟斗
一个不知什么杂木刻钻出来的烟斗

每年那个黑色的忌日的深夜
我叼着它　也不装烟
默默地吞吐着空气
父亲的呼吸在我的喉管里哽咽

我保存了父亲的烟斗
随时可以感受到活着的父亲

2019. 6. 26

男人的眼泪

沙漠的泉眼干涸了
记不清多少年没流过眼泪
也许泪腺萎缩丧失了功能
再也不会流泪了

父亲过世那年　我未满三十岁
赶到家里号哭一片　全是泪人
我一滴眼泪也没流　默默地
把丧事圆满地办好

在离开家的夜晚　黑暗的车厢中
我的脸部肌肉瞬间抽搐起来
泪水决堤一样直泻
也许　那夜的泪水彻底伤了泪腺

人不可能不会流泪
除非我们把泪腺摘除
我们可以把泪腺摘除
而人世间的灾难　疾病　和悲伤呢

2019.7.3

归　来

陌生的乡村

炊烟袅袅

我依然在春节

濯足于小河边

那个翩翩白衣少年

如今却已把白云

落在头上

我已归来

在陌生的故乡

故乡迎来了

陌生的我

那个熟悉的少年郎

还在记忆中的村寨

游荡、迷失了方向

2019. 2. 21

故　土

你知道吗

我们从小出生在这里

死了也埋在这里

在这片土地的地上与地下

有着我们的祖祖辈辈

这土地融化了我们的

血肉和骨头，连同我们的名字

也夯实地钉在这泥地里

我如何远走高飞

在刊头、封面和互联网的热搜上

我也只是村里阿婆口中的二狗子

这片土地生长了我

这片土地养育了我

在这片土地上

我只有谦卑地俯伏着

没有半点骄傲与怠慢

没有半点狂悖的非分之想

2019. 2. 21

村　庄

城市如一个巨大的胃
吸吞了村里的姑娘小伙
地里的蔬菜　鸡窝里的鸡蛋
田地里的耕牛
村口的大树
还有那大山里的大石头

村里的河干涸了
地荒芜了，牛羊不见了
村里有大爷大妈
留在家里的孩子们
他们等着儿子女儿爸爸妈妈
古老的祠堂的破木门吱呀作响

城里的天空很狭窄
脚手架和流水线的间隙
挤压着青春的发丝
留城和回乡是个单选题
总是让人流下酸楚的泪水

城市如一发酵的馒头

在无限地膨胀着　蔓延着

人类如黄河从远古就在土地上分流着

乡下成了人流的高地

不知要干旱到什么时候

村庄成了一个想回而又回不去的地方

而离乡的人的一生也就只能一直在路上

2019. 3. 20

故乡的小河

小时候
我无数次努力凫游不过那道河
它对我来说和浩瀚的大海一样
让我只能在岸边搁浅
从不到中流的澎湃中去

长大了
我横渡过黄河、长江
还飞越过太平洋
而我从没越过那条河
它就如圣山一样让我不敢逾越

现如今
我跌坐在河岸边
河水也淹没不了我的脚踝
小河干涸了我所有记忆的美好

2019. 2. 26

老 牛

一条老麻绳拉出湿漉漉的记忆
瘦骨嶙峋的牛背是我的摇篮
永远饥饿的老牛追赶着青草
在河岸边、田垄上、山坡、高冈

我的整个童年都和牛绳拴在一起
从来没有用过一次牛鞭
在那突兀圆鼓的眼睛中
我是老牛最好的伙伴

有一年春天的某个傍晚
我在山坡上的草香里睡着了
老牛一直守在我的身边
直到醒来发现它驮着我在黑暗中回家

老牛永远是那么安详
蚊蝇牛虻咬噬着它的肌肤
吮抽着它的血液
它仍宁静地静卧着反刍胃里的青草

我用梳子清理出牛毛中的每个虱子
用白泥涂抹了它的伤口
用青草汁清洗它的眼屎
老牛是我童年的所有记忆

犁铧、耕耙都压在老牛肩上
它用背脊翻犁起泥土
用牛粪肥育了我家的菜园
它还生育了几头小牛

而老牛只能在屠场走向它的天堂
看着灰暗而混浊的眼眸
我抱紧它的脖子哭了一场
那年我七岁　生活就让我失去朋友

我一个人出走到山坡上
老牛的身影时现时隐
面对旷野无人
只有老牛陪我对抗孤独、黑暗

老牛甘香的乳汁在我身上散逸
与它一起穿过树枝、沼泽、山涧
一起夜归的月光成了记忆最闪亮的一面
那时我怨恨牛贩子，怨恨家人

老牛走了
留下一条旧麻绳
就是这根牛绳
一直捆缚着我与老牛的记忆

三十几年过去了
老牛仍奔走在我的心里
翻犁出我的痛楚，我的伤心
让我把记忆弥漫在诗行间

2019. 2. 28

春节回乡

初绿的麦苗葱郁一片
树木还在爆芽重生
村口那个老树
还是望着远方
是昭示外出乡关的方向
还是守候游子的归来
沿着崎岖蜿蜒的山路
我在故乡的臂弯中
昏昏沉睡
车窗外飘荡着风声
如一直漂泊在外的我
嗡嗡作响却心里空荡
而故乡却让我放松
如一把松弦的吉他
无声而又欢畅

2019. 3. 22

苦楝花

那偏远的小山村

小池塘边

那一棵苦楝树

整个童年我都在奋力攀爬它

树上爬满了温暖、欢乐

把一串串日子挂在树梢上

期待苦楝花开的日子

缤纷嫣艳的苦楝花遮蔽了整个天空

在淡淡的花香中我走进了诡异怪诞的聊斋

那一棵树承载了我的所有乡愁

昨夜　我又梦见苦楝花

风雨之后落英满地

我清醒地知道那棵树早被砍伐

而我强烈急迫地想要回家

我要去寻找那失去了的苦楝花

2019. 4. 29

沧　桑

黑夜躲避黑夜

晨曦追赶晨曦

故地　晨起　漫步

鹅卵路潮湿　缝间

长满青苔　像踩在往事上

风雨琳琅　我坦白

我曾历经沧桑　悲欢

如潮水来了又去去了又来

岁月的褶皱里满是疮伤

梦里梦外　花开花落

醒来常觉惘然

人在岁月的柔波里变老

屋前的几棵大叶榕　风过

萧萧瑟瑟　黄叶飘转

散落满地

2019. 6. 21

第五辑

╱╱╱╱╱

故乡之外

都江堰

我的体内蕴藏着洪水猛兽
奔突着时刻想制造一场事件
激情　血性　邪恶　不义
一条闭环的河流在我身上汹涌着
激越着　全力撕裂着

这世界浑浊而浩荡的人性奔腾着
供着李冰的神庙在山腰上俯视着
鱼嘴分流的河流各自远去
飞沙堰淘下了泥沙岩石
三根铁柱定下了河床的标高

我的体内住着一个李冰
枯水不淹足　洪水不过肩的三个石桩人像
我细雕成儒道释的模样
骑一石马立于江心　我自知
水深水浅　水热水凉
让洪水穿过生活的宝瓶口
浇灌出开花结果的日子来

2019．7．26

长安的城

同一片土地　国破国立迭复
山河在岁月中荣枯辗转
城在王者的手中如小孩抛手绢
啼血的杜鹃叫了几声

长安是王朝基业永固的愿
是老百姓的奢想　是一个杳渺的乌托邦
女人　牲畜　丝绸　粮食在金戈铁马中流转
城里城外万骨枯堆　城里城外旌旗猎猎
城里城外秦腔急促激昂

长安的城从没安宁过
一块块土砖砌成的城
抵挡不了王者的心
只有土地是最恒韧的
这一片黄土地吸了血　浴了火
承了铁蹄　一样长出庄稼　长出希望
长出新的朝代

2019. 8. 1

中　原

鹿在原上跑来跑去
东逃西窜　也逃不过
被放了血　剥了皮炖成一锅大杂烩

中原的百姓迎来送往
一群群逐鹿的人和时代
俯首屈膝于不同方向来的王
打着新旗招摇高呼万岁

王在烽火中来来往往　去了又返
智慧的百姓家中的旗帜就有百家姓
做好了举任一个姓的王的旗
百姓逐不了鹿　只要守住土地　婆娘

中原是个群雄并起龙争虎斗的地方
中原是王者的美梦百姓的噩梦
中原是一个充满火药味的形容词
在历史书里大片大片地黑下来

2019. 8. 3

田　地

故乡稀缺而肥沃的土地
一年两季水稻一季小麦　过冬时灌满了水
乡亲从没闲过　从没让土地闲过　让农具水牛闲过
人均不足两分田的地硬是给乡亲耕出足够的口粮来
故乡的田地　水牛为你弯腰　乡亲为你弯腰　稻麦为你弯腰
田地更加谦卑地俯伏着　让草长　让稻长　让希望长
田地黝黑的肌肉和乡亲们的肤色一样　阳光下熠熠发光

水牛早已老死了　乡亲老了　田地老了吗
我的眼角迸出了两滴咸咸的液体
我用手拭去　不让它掉到田地里

2019. 8. 5

总是念想在家乡建个小房子

人过不惑　开始懂得回首
开始想念家乡　念想过去

身体满世界飞来飞去　像只老鹰
抓小鸡　抓山羊　攫取生活之所需

家乡已老　乡亲已老　没几个认识我了
我还总念想在老家建个小房子

我是不会再回去住的了　就让它住着童年
住着回忆　住着满屋的蛛网般的乡愁

物人两非　故土仍在　家山仍在
斗转星移　故乡与我　孤独地相思

2019. 8. 6

圣彼得堡给了我足够多的白天

日升而作日落而息是祖先的习惯
夜行总是一种危险的历练
我半辈子都在与黑夜争夺白天
今夜　圣彼得堡给了我足够多的白天

六月是圣彼得堡美丽的高亮之巅
太阳挂在树梢上贪恋漫天彩霞
踮脚的小天鹅跌跌倒倒如路边的醉汉
丰坦卡河面的霞光如重彩的油画
白天如马林斯基剧院的大提琴缓缓慢慢

今夜　肩挑着太阳和月亮
时光给了我最宽恕的刑罚
我欢歌载舞　喝酒吃肉　到处游荡
鲸饮时光之杯的无限续杯

圣彼得堡之夜　我只是寻欢作乐　虚度时光
直到我昏昏睡去　夜还炽白一片

2019. 8. 7

包公祠

羚羊峡西江河你抛掷出一方砚洲
宦海风高浪黑　你中流砥立
流传你是日断阳夜断阴的星宿下凡

时间如一剂孟婆汤　让人遗忘
时光掩埋了朝代　掩埋了成败　却从没掩埋忠奸
黄河之水还是浊浪滔滔

龙头铡　虎头铡　狗头铡也已锈迹斑斑
时间如磨刀石把善恶在人民心中越磨越清晰
那黑炭般的脸谱穿越时空在开封府的古戏台上
喝道　大刑伺候　从实招来

2019. 8. 7

邮轮上

苍穹下
劈开的浪花把世界切割小了
2069 个陌生人与我一起在海上漂泊
天空如一个倒扣的五彩珐琅圆碗
海如一蓝色的餐布镶着白色蕾丝花边

十三平方的客房　　还好有一方阳台
天无边无际　　海无边无际　　夜无边无际
港湾里的庞然大物此刻显得万分渺小
我那繁杂的俗务此刻显得万分渺小
凝视星空　　越凝视越幽远
坠入无边无际的静寂的苍茫和孤独

2019．8．7

华尔街

财阀们的游乐场　世界资本的巢穴　八国联军的军火库
七个街区的百米小街
打个喷嚏就让全球风暴
青铜铸成的牛野性勃发
红绿闪跳之间　龙卷风把金钱抽成真空
一声清脆的碰杯　有人一夜暴富　有人成了穷光蛋
破产者的尸体如堆在这街上　一定会高过街边的高楼
嗜血贪婪的狩猎者游猎世界的肥羊
西方文明的发展就是不公的加剧与恶化
蚂蚁和大象摔跤　长矛和核弹较量　脚步和飞机赛跑
弱者更弱　强者更强　强者制定规则　弱者适应规则
世界对于弱者来说就是一个绝望的角斗场
这里有一座圣三一教堂　收容了胜利者和失败者的灵魂
贫穷者和富有者一样　有人祈祷　有人忏悔

2019. 8. 7

舒缓的时光仅属于有爱的人

少不入川　老不出蜀
不惑的我到天府间
时间像橡皮筋被无限拉长

锦里的青黛砖瓦间　时光停驻
大片大片的光影静谧　悠长
慵懒的阳光　慵懒的风　慵懒的下午
葵花籽　大盖碗　吁吁呀呀的变脸

时光丝绸般柔软而轻盈
宽窄巷子　穿行尘世的隐喻
闲散的云　闲散的店小二　闲散的我一身懒骨头

一个人喝茶　一个盖碗的八宝茶
看着几粒胎菊在热水烟雾中缓缓舒展绽放
这舒缓的时光　仅属于有爱的人

2019. 8. 8

黄　河

如果不是气垫船　我定会怀疑
自己走进了一个刚下过雨的沙漠
黄沙流动　浊浪滔滔　这就是
母亲河的形象

我想击节高歌以咏河美
我想把酒长啸以颂河壮
如果不是亲临其境　想象
无法满足现实的极限

多少历史的尘埃随黄河流去
多少灾难的伤害随黄河而来
无数个我对河的迫切渴望　无边的热爱
无数个我是华夏黄河中的一个沙粒
浊浪滔滔翻滚向上
艰辛追寻着美好的未来

2019. 6. 25

夏威夷

远古的火山爆发　散落成

太平洋上 132 颗绿宝石

绮丽的风光的海岸和海滩上的胴体

沐浴着太平洋上的阳光

土著人的草裙舞和庞大的身躯

粗犷地抒发原始的欲望

沙滩上的大海龟和金发女郎

一起赤裸裸地晒着太阳

在他们面前　我穿着衣服

显得异常　不自然

夏威夷人认为有生命的东西就有神灵

相信人死后魂灵不灭

而几十万的游客潮来潮去

谁也没有关注灵魂

只是在欢乐地冲浪　荡舟

或者淫邪地看着赤裸的男女

2019. 6. 25

问　道

青城山

石阶　土阶　水泥阶　级级向上

老君阁在云霄之上　缥缥缈缈

人在问道　花草树木在问道

飞禽走兽在问道　蜿蜒而上的路也在问道

太阳明晃晃地飘下无数无形的镜片

天空瓦蓝瓦蓝的　如一辽阔静止的海洋

青城背倚岷山雪岭　面朝川西平原

群峰环绕　树深林密

云深处　山深处

道在何方　在天的顶上　在海的尽头

道在太上老君的炼丹炉中

在青牛角上《道德经》的字行间

在阴阳两尾鱼的鱼眼里

道长生不老　道无处不在

问道在道之外　道生万物

无极之外　复无极

无极生太极　太极生两仪

凡道在道中　九九又归一

道是所有的矛盾和统一所有的混沌生长和静穆寂止

青城山上

石阶　土阶　水泥阶　级级向下

俯身入人间　道亦无间

2019. 7. 5

江之远行

金沙江与岷江如青白两条巨蟒
缠绕在一起直奔而去
直到交融为一体

江行万里　源头已清浊参半
万里江河清浊俱下
排其浊则不达其大
排其清则行道不远
江河如斯　世事如斯

清浊相互搏击争斗　从没停止过
如长江从没停下奔腾的脚步
清浊的混合体的长江每天都是新的

黑白人间　我因文字而纯净
在黑暗中点亮灯火
在白炽中书写故事
穿行在人世的凉薄间

行走人间半世

尘埃在每个夜晚抖落

我用舌头舔净我的每根羽毛

在江河之岸叩问自己的良知

渐行渐远的长江

像一条游走的鱼

它消失在我的眼瞳里

它的清浊一并消失在人世间

2019．7．15

在天女山上

这是一片草原
我到时却是一片雪原
牛马都在天上奔腾
带来的风割痛了我的脸庞
我如一个淘气的孩子
在雪地里打着滚
皑皑白雪覆盖了一切困难
我有再多的不屈与愤激
也在雪花映射的银芒中
穿透而过
山都有着无数沧桑
在雪的拥抱中
山无言
我又能有什么呢
在冰天雪地里
我溢出了两颗热泪
在阳光中闪闪发光

2019. 2. 21

在重庆

江南江北

在长江上往返

我没有感觉到忧伤

远古的先祖

都要逐水而行

傍水而居

而伊人却总在水的另一方

当轻轨穿过楼旁

当洪崖洞的灯光烧燃天空

当江岸的灯光把长江染红

我的脸部被火锅麻辣得

没有感觉、没有表情

在轻轨上一个擦肩而过的邂逅

那是百万分之一的缘

而离开

却是生命中凄美的诗意

2019. 2. 22

天　坑

无论我是深入你
还是离开你
是近之亵玩
还是离去远观
你就是一个奇迹
一个令我迷茫的谜
如一个令我欲罢不能的女人
我深深地走进了你
却不知道你心中有没有我
世间奇绝风景或人物
都是那么让人费解
却又引发无穷的好奇
在宇宙的天眼中
你就如地球少女的一个青春痘
引发我蓬勃的青春

2019. 2. 22

地　缝

每个时代的文人心里
都有一个桃花源
而桃花源总有秘密通道
如同打开另一种幸福的密码
通往另外一种生活的隧道
生活只有向上的姿态
而遁沿地缝的黑暗
只有向下的探索
黑暗是追求历程必经的阶段
只有经过一段艰难的沟坎
才抵达豁然开朗的桃源
不是每个人都穿过地缝
而地缝却是每个人必经之路
桃源也不外草木秀丽、良田美池
桑竹之美
与世无争的怡然自得之乐
其实桃源在自己心中
心安然处处是桃源

2019. 2. 22

洪崖洞

灯火把你烧得通红
我把自己投入这火炉中
我成了你体内一块通红的炭

向往　抵达
都是对美的一种姿态
也许是一种猥亵

一阵阵欢呼从我的体内
蹦出

在嘉陵江滨江路
你在我身上烙上了印记
我与你一起映倒在嘉陵江
在波光中摇曳流淌

2019. 2. 22

千岛湖

一千多个屹立的汉子

一千多个仰泳的姑娘

水是世间最神奇的液体

它尘封了一个千年的过往

在这里有着新石器时代和西周至晋的文化遗址

有瀛山书院、石峡书院、蜀阜书院

海瑞祠、龙门塔、琅官塔、小金銮殿、瑶山、风雨古桥、节孝坊

有着许多诡异　秘密　传奇

在这渺瀚的绿波中

我脑海中涌现一个闪光的名字

海瑞　我们的一个民族符号

我不知海瑞如今遗体何存

但我却知道　他如一块千年精钢

撑起了文人士子精神世界的天空

铁骨铮铮的汉子

在历史长河的冲刷中越发的光亮

2019. 3. 7

梧桐烟雨

烟雨中的梧桐山
如一委婉的少女
羞答答地曼妙轻舞

天上奔泻下的山瀑
如少女淋浴的清亮珠帘
聚散的浮云来来去去
山还是那山，岿然不动
水还是那水，潺潺不绝

青山绿水从不辜负
而我却辜负了岁月
只落得了一头白发
淡淡的草香　蓝蓝的天
漫步天空的几片闲云
一切都是那么安然
和我的平凡一样平凡

2019. 4. 28

琥珀宫

这太漂亮了

这太漂亮了

彼得大帝赞不绝口

普鲁士国王为了友谊

毫不犹豫把它送到凯瑟琳宫

10 万片琥珀、黄金、宝石、超 6 吨的友谊

世界八大奇迹之一　是友谊　还是强权的明证

而二战纳粹又把它抢回去

伴随着死亡诅咒历经

几个世纪人们的疯狂寻宝

美丽与珍稀都伴随着邪恶与掠夺

占有的欲望如巨大的魔力

在这 33 平方的剔透中

映射无数贪婪的眼神

人类总能创造无数稀世瑰宝

而人类从未战胜过自己

2019. 5. 17

旧金山九曲花街

我从东半球飞到西半球

我的祖国有数不清的九曲桥

我漂洋过海来看你

这一个被几个 Z 字母切割的花漾小街

你的存在只为让湍急的车流喘息

一路花团锦簇一路弯曲

在旧金山的心脏 40 度斜立着

如一个打扮妖冶的摩登女郎

想起祖国临水荡漾的九曲桥

我们的移步换雅致风景

美利坚两百多年的历史太薄

实用的功利主义在我们两千多年的浩瀚人文历史中溅不起涟漪

我看过了美国著名的九曲花街

我想回国了好好地看我们的每一座九曲桥

在曲折的人生中尽享风光

2019. 5. 18

旧金山印象

时差十五个小时
而与我的想象差天壤之别
一个命名金山的华人涌向的地方
却是流浪汉乞丐满大街
导游说是因旧金山气候宜人
说这是资本主义优越的社会福利
对于勤劳的中国人来说
靠社会福利营利当是耻辱
看了自杀率高的金门桥
仿梵蒂冈圣彼得大教堂的市政厅
威严肃穆的圣玛利大教堂
品牌云集的联合广场
花团锦簇的九曲花街
满是小吃杂耍的渔人码头
还没倒好时差的脑袋昏乎乎
我知道我们与旧金山的差异
仅仅在于时差十五小时

2019. 5. 19

渔人码头

太平洋的大螃蟹

咸腥的海风

香水夹杂体臭的大块头洋人

乘风狂舞的海鸥

时而袭击游客食物的鸽子

全身漆金喷银红头发绿毛头的艺人

与萨克斯连身体一起扭动

在这一切的喧嚣中

我瞬间失聪了

只有眼里的混乱的人群和色彩

还有那味蕾上残留的

白灼出来鲜美的蟹的味道

我听不到任何声音

靠导游扯着衣袖拉上大巴

远眺海面

海浪推着海浪　拍打着海洋

拥挤的人潮　拥挤的味道

第一次失聪的我在人群中莫名地恐慌

2019. 5. 19

尼加拉瓜大瀑布

美国伊丽湖水
向北面加拿大的安大略湖
180 米俯冲而下
天马的一个大蹄印
踩在美加两国的边界间
从此共享这一世界七大奇观之一
印第安人认为这是雷神之水
每年来观看奇观的有 1400 万双眼睛
我是 1400 万分之一
面对这巨瀑嘶啸
感觉天马在我头上跃过
飞溅百米的水离子正如一个个精灵
洗涤去我几许尘俗

把我带入亢奋冲动的梦幻
我是马蹄边上的一只蚂蚁
而我的脑海里天马奔腾
一股不可抗拒的狂潮
淹没了我头颅的每一个细胞

2019. 2. 20

梧桐山

在画面上炫彩
在镜头里聚焦
在诗行间跳跃
在海与城之间屹立
在国家森林公园的名录中
在一代代守林人的脚下
心里　血液中流淌

城市灯光夜色之外
一群守山的人
守着这些山　却不吃这些山
就如山涧里的石头
被青绿的苔淹没
把自己化为山上的一点滴的绿色

山谷中鼓荡着的山岚
在吟唱着山林的秀美
还是涧水的清亮
或只为吹拂清爽
守林人汗流浃背的汗渍

在山之间一个悠长绿色的梦

在山之间一条蜿蜒崎岖的路

在山之间万物生长树木参天

在山之间巨石屹立坚定不移

在山之间青春梦想抱负扎根

在山之间人就是最美的风景

山外石破天惊高楼耸立

山外七彩缤纷灯红酒绿

梧桐山挺立双膀抵挡了海的袭扰

守林人挽起臂膀守住了绿色的防线

这一座山她绿透了我的心扉

这一群人他们模糊了我的视线

2019. 6. 19

第六辑

自然之子

一杯水

每一滴水都在巨大的声响中翻滚沸腾过
狂热地上蹿下跳过　撞击着坚硬的壶壁
在熙熙攘攘的热闹中分裂自己的身体
我倒了一杯开水　它熄灭了喧哗
温度也在玻璃壁上缓缓地散逸
水从无数个嚣张的气泡中逃逸了出来
回到它原始澄清的岑寂中
在阳光中我的思索穿透了水的光芒
水静止着　没有一丝悸动
那么多狂躁　桀骜　不可一世的姿态
都是虚无的没有意义的
连同我对这杯水的思考一起
它适温地进入了我的身体　如同
每一个生命进入时间的黑洞
一切都在消逝　一切都被人遗忘
化成烟　化成雾　化成若有若无的一缕闲思
它存在过　而它也终将消失

2019. 7. 26

喊 山

冲着山喊　你可知道
山是怎样的性格　它的回应
暴露了它的高深和你的冷热

看山不是山　那我们还上山干什么
人类一直很纠结　总固执于是非
总想在黑里找出白　在白里挑出黑
总想过黑白分明山水清朗的日子

每一座山都是一位老者
对于年轻的我来说　是峰是岭又有什么所谓
所有的峰岭都只是他与岁月流水腐蚀的对抗而已
他把岩石和泥土塑成一个站立的姿态　问候苍穹

我喜欢山的和善亲切
对我的每次喊叫都给予回应
最莫测的是人心
多少爱恨都石沉大海　无声无息

2019. 8. 3

红色暴雨

太阳还掌管天空吗

谁掌管这倾盆直泻的雨水

丧心病狂　肆无忌惮

雨声如群狼的厉嗥

马路上漂着几辆熄火的轿车

一幢幢高楼如脱缰的怪兽　闯入

昏冥的妖雾中　时隐时现

露出狰狞的獠牙

闪电如恶魔的银鞭　抽赶着

群兽汹涌扑向这座城市

树在挣扎着　车在挣扎着　街道在挣扎着

整座城像一个熬着毒药的黑锅

沸腾着冒着水泡　烟雾

我立于窗前　静看群魔乱舞的雨天

一只苍鹰穿过闪电　暴雨　落在窗前

它抖擞了几下翅膀　竟然没有一根羽毛沾湿

它昂着头　目光如电

2019. 8. 5

黑色的风

紧闭潮热的双眼
让耳朵去触摸　风的颜色
雷霆夹击　仓皇得鸟飞兽走

黑色的夜　白色的日　宽窄的心房
黑色的风侵蚀着心脏
凉薄的人世间　灵魂流离失所

风一直吹　史书页页翻转
成王败寇的天平摇摇晃晃
黑色仅是司马迁砚池畔舔尖了的毫端的风

黑色的风吞没森林　吞没水土
吞没钙化的脊柱
黑色诠释了风　诠释了人心　诠释了历史的云烟
黑色仅仅是一种颜色　却是无边的苦难　焦亮的警醒

2019. 8. 7

你的胃幽暗而深长

你是变色龙　曾经
让岸上的高楼　汽车　倩影
吞进黑色的漩涡中　还打着嗝
熏得岸边的芦草病恹恹的
无精打采　你无须掩饰
我们也知道你的怀里
没有一个活的生物　哪怕
一株奄奄一息的水草
一万年的克制抵不住四十载的
贪婪　你的胃如毒蛇之腹
幽暗而深长

而今　你是那么清澈
就如手术后的病人唤回了
精神　刮骨疗毒的治理
让河水回归青绿
有只白鹭　怯怯地
啜饮一口水　诚惶诚恐

2019.　6.　25

猫

猫在阳光中　踱着方步　左顾右盼

一副睥睨天下的模样

用爪子轻抚着自己的软毛

不留一丝不顺溜的

把脸上的长须理了又理

双眼眯缝又反复瞪了几大眼

确定自己威严的形象

对着阳光摆不一样的姿势

塑出形状不一的影子来

直到满意为止　才傲慢地

立定了几秒　喵喵几声显示

欢欣　一阵小跑

来到镜子面前　小心翼翼

伸出爪子触碰　摆出各种

姿势和自己对峙

想想自己平时的样子

和猫又有什么异样

2019. 6. 26

沉　香

沉香树上张开的大口

坏蛋要的不是你的血肉

而是你受伤后的眼泪

他们以焚燃你伤痛的芬芳为乐

世间万物都以某个特性吸引

或防御异性、异类

仙人掌的芒刺

蛇的毒液

花的芬芳

女人的妩媚

无不抵御与挑衅拥抱与

摧毁、踩躏

沉香树上的香疤

就是晶莹的伤痛

它是最宝贵的苦难

正如我们生命中的不幸

与磨难

2019. 2. 23

房　子

母亲的子宫
城里的钢筋水泥方格子
地里长方形的卧床
一生都在为房子奋斗
都在房子里挣扎
风餐露宿只是远行的诗意
人一生寻找一个安全的洞穴
这和原始野兽没有区别
幸福与房子无关
房子遮蔽了风雨
也保持不了内心的温度
房子伤了社会的心
没有房子的人一直在土地上却没有自己
立锥之地
人死了，才获得了土地
而土地终包容了人
就算把他抛到宇宙中去
茫茫的苍穹不是一个
美丽的星光大房吗

2019. 2. 26

树　眼

对于砍伐的伤害

你从没有感到绝望

从没停止过生长

也不袒露伤口

而是让伤口更结实地愈合

长成一个智者的眼睛

在森林里穿行

我看到一只只树的眼睛

它默默地注视着我的穿行

仿佛警惕刀斧电锯的暴行

面对着树眼

我有着被拷问的战栗

直视着树眼

我对你肃然起敬

哪一个成功成材的人

不是受任何伤害而从不放弃成长

2019. 4. 26

踏　青

鞋沿的草的芳香

幽幽地在阳光下散漫

脚下的土地在萌动着

你感觉到了吗

那股温热的暖流冲击着

你的脚心直通背脊窜遍全身

小蜜蜂茸茸的翅羽掠过

那一个个花蕊

阳光穿透了翅羽、花瓣

天上高飞着几个风筝

万物勃发了它们的性情

春光灿烂了心情

点染了整个河山

不知名的虫儿鸟儿尖叫着

这个季节真的与爱情有关

2019. 3. 21

万物生长

这世界生长着千万种植物

向阳的花草树木向上勃发

阴生的植物躲避阳光畏惧明亮

一万个平庸，是生活的大多数

真正的痛都是无法言说的

只有独斟一壶

改变是痛苦的

改变是为了不再痛苦

曾经我为了生长

我丢失了自己

生命中遇到了很多人

在反复曲折中迷失了方向

重新找回理想　我紧紧拥抱

祈愿用心底的丰收

喂养生活

在荒芜的俗世中野蛮生长

长成玫瑰　长成仙人掌

长成我自己想要的模样

2019. 4. 28

初夏的公园是一片巨大的绿叶

城市狰狞的齿牙在四周对峙着
如一个张开大口的怪兽
随时合上大口吞下这叶绿素

在郁郁葱葱的绿叶底下
地铁已如叶脉错综网结
钢筋水泥凝固成一个餐桌上的盘

所有的窗都瞩望着
如偷窥者贪婪的眼光
用一扇窗撬开购房者的钱包

人工堆积的起伏
如少女蓬勃的曲线
在市政规划中反复捶捏

那绿色的背脊渗出来
淌下来　淌下来
都只能是咸咸的汗水

温热的泥土深深呼吸

簇拥的阳光刺出锋芒

不知名的建筑吞食着这片绿叶

这是孤零零的绿叶

没有树干　没有枝丫

就那么躺在城市中央

我躺在绿叶中央

身边来来往往过往好多人

他们和绿叶一样害怕孤单

2019. 5. 7

长夜滂沱的雨

夜用滂沱的雨对抗干旱
用汪洋的水灌溉龟裂的大地
夜用滂沱的雨对抗黑暗
提示时间的维度
夜用滂沱的雨对抗睡眠
提醒那么多未竟的事业
夜用滂沱的雨对抗遗忘
提点那些夜晚的故事
夜用滂沱的雨对抗怯懦
黑暗中的雨点是那么勇敢
夜用滂沱的雨对抗忧伤
雨中的鱼儿是那么欢畅
夜用滂沱的雨对抗绝望
雨再滂沱也有停的时候
夜用滂沱的雨对抗死亡
用生命之源的水复活一切
夜用滂沱的雨对抗我的雨衣
淋湿我的全身　淋湿了一切
感冒了我一整夜　胡思乱想

2019. 6. 22

花落了

我为那些没有结果的花朵而感到羞耻
如我为自己流逝的青春一样悲哀
绽放了生命最活力的年华
却一事无成在空枝上摇曳

繁复的人事在我的世界来来往往
我曾以为拥有整个世界
狂放地挥霍如水的年华
如赌徒漫掷手中的赌本

花朵终究是要凋谢的
结果是不是花朵的使命
不结果也是花朵的另一个宿命
不是所有的使命都能逃离宿命

花落了　结果也出来了
花朵与结果都会归于尘埃
而尘埃不会消逝
如我的尘世的忧戚　如影随形

2019. 6. 23